COMPTE-RENDU SATYRIQUE ET BURLESQUE

DES

SÉANCES DE LA COMMUNE

DE PARIS

COMPTE-RENDU

SATYRIQUE ET BURLESQUE

DES SÉANCES

DE LA COMMUNE DE PARIS

par Junius.

LONDRES

LIBRAIRIE ÉTRANGÈRE DE W. JEFFS

15, Burlington-Arcade.

PICCADILLY.

1871

AVANT-PROPOS

On s'est plaint non sans raison du défaut de publicité des séances de la Commune de Paris.

Henri Rochefort lui-même s'est élevé avec une indignation mêlée de calembourgs contre le mystère de ses délibérations, qui prive le pays de l'éloquence des citoyens Billoray, Varlin et Grêlier.

Il y aura là évidemment une page blanche, une lacune dans l'histoire de nos Parlements célèbres et de nos grandes assemblées.

C'est cette lacune que nous allons combler en publiant le compte-rendu d'une des plus mémorables séances de l'Hôtel de Ville.

Nous devons ce document important au dévouement d'un de nos correspondants qui a pu pénétrer dans la salle du conseil sous le déguisement d'un garde national de Belleville.

SÉANCES DE LA COMMUNE

Minuit. — La séance est ouverte.

Le citoyen Lefrançais. — Vous savez, citoyens, que nous n'aurons pas le plaisir de voir ce soir notre honorable président, le citoyen Assy.

Le citoyen Varlin. — Pourquoi ça ?

Le citoyen Raoul Rigault. — Je l'ai fait incarcérer ce matin comme suspect d'intrigues bonapartistes.

Le citoyen Vermorel. — Je m'en étais toujours douté car chaque fois que j'allais autrefois au ministère de l'intérieur....

Le citoyen Lefrançais. — Comment, vous alliez au ministère de l'intérieur....

Le citoyen Vermorel. — Oui, j'allais au ministère de l'intérieur, mais savez-vous pourquoi?...

Le citoyen Lefrançais. — Dame....

Le citoyen Vermorel. — J'y allais pour assassiner Bonaparte! (*Mouvement,*)

Le citoyen Jourde. — Dans ce cas il n'y a rien à dire.

Le citoyen Clément. — On ne peut que féliciter le citoyen Vermorel de ses bonnes intentions.

Le citoyen Raoul Rigault. — Je ferai remarquer que Bonaparte ne résidait pas au ministère de l'intér....

Le citoyen Vermorel. — Eh! qu'importe? Le crime réside partout. — Bonaparte était le crime, je l'aurais trouvé là comme ailleurs.

Le citoyen Varlin. — C'est évident!

Le citoyen Raoul Rigault. — Pas tant que ça (*A part*). Un homme à *filer.*

Le citoyen Lefrançais. — Puisque nous voilà privé de notre président Assy....

Le citoyen Raoul Rigault. — Qui n'était qu'un sergent de ville déguisé....

Le citoyen Babick. — Parbleu! je me rappelle ses moustaches maintenant.

Le citoyen Lefrançais. — Il s'agirait de choisir un autre président parmi nous.

Le citoyen Verdure. — Pas de président !

Le citoyen Billoray. — Non, pas de président !

Le citoyen Lefrançais. — Cependant....

Le citoyen Clément. — Il est évident que le titre de président implique une certaine aristocratie hiérarchique que nous ne saurions supporter.

Le citoyen Billoray. — Parfaitement : il y a des présidents à la cour d'assisses (*mouvement*), à la police correctionnelle (*second mouvement*), au conseil de guerre (*troisième mouvement*), à l'Assemblée nationale (*hue ! hue !*) il ne saurait y avoir de président à la Commune libre de Paris. (*Bravos prolongés.*)

Le citoyen Delescluze. — Pour en finir avec ces discussions qui nous font perdre un temps précieux, je propose de nommer un délégué à la présidence.

Plusieurs voix. — C'est ça, c'est ça, un délégué.

Le citoyen Protot. — Je propose comme délégué a la présidence le citoyen Delescluze qui vient de résoudre si heureusement la difficulté qui arrêtait nos délibérations.

Plusieurs voix. — Oui, oui.

Le citoyen Raoul Rigault. — J'ai beaucoup connu dans le temps un mouchard qui s'appelait....

Le citoyen Delescluze. — Oseriez-vous par hasard soupçonner....

Le citoyen Raoul Regault. — Je ne soupçonne pas seulement je surveille, puisque je suis délégué à la police.

Le citoyen Jourde. — Il a raison, la réaction prend tant de masques. Qui nous aurait dit, par exemple, que le citoyen Assy....

Le citoyen Beslay. — Mon Dieu si, nous aurions dû y songer. Figurez-vous qu'une fois il m'a appelé monsieur !

Le citoyen Raoul Rigault. — Et vous ne me l'avez pas dit, malheureux ! mais savez-vous que voilà un acte qui pourrait vous faire soupçonné de complicité ?

Le citoyen Félix Pyat. — Je me souviens également qu'en me parlant du faussaire Jules Favre, il a oublier de faire précéder le nom de ce misérable de l'épithète de forçat.

Le citoyen Raoul Rigault. — Comment, vous aussi, *tu quoque,* vous gardiez le silence ?

Le citoyen Félix Pyat. — Que voulez-vous. nous sommes si confiants !

Le citoyen Protot. — Citoyens, il est déjà minuit et demi et nous n'avons encore rien fait.

Le citoyen Raoul Rigault. — Comment rien fait, j'ai decouvert trois mouchards parmi nous.

Le citoyen Protot. — Acceptez-vous le citoyen Delescluze commé délégué à la présidence ?

Voix nombreuses. — Nous l'acceptons.

Le citoyen Raoul Rigault. — (*A part*). C'est çà, mon bonhomme, jouis de ton reste, dès demain matin....

Le citoyen Delescluze. — Citoyens, vous savez que je suis l'homme aux résolutions promptes et radicales. Par conséquent, procédons de suite à nos travaux.

Une voix. — Je demande la parole pour une question préalable.

Le citoyen Delescluze. — Votre nom, d'abord ?

— Le citoyen Loiseau.

Le citoyen Delescluze. — Loiseau ?

— Oui, Loiseau, délégué à la commission du travail, de l'industrie et de l'échange.

Le citoyen Delescluze. — Bon, bon. Vous comprenez, on ne connaît pas tout le monde ici.

Le citoyen Raoul Rigault. — Oh! pour ça non ! Je parie pour les trois quarts....

Le citoyen Delescluze. — Eh bien! citoyen Loiseau, que dites-vous ?

Le citoyen Loiseau. — Je voudrais savoir ce que c'est que la Commune? (*Bruyante interruption, tumulte, cris nombreux : A la porte! il insulte l'Assemblée!*)

Le citoyen Delescluze. — J'ai besoin de rappeler à moi tout mon calme de président....

Le citoyen Billoray. — Pas de président!

Le citoyen Delescluze. — De délégué à la présidence, veux-je dire.

Le citoyen Billoray. — A la bonne heure !

Le citoyen Delescluze. — Pour ne pas relever comme elle le mérite la question inconvenante du citoyen Loiseau....

Le citoyen Raoul Rigault. — Loiseau! Il y avait dans le temps, le n° 77 qui *faisait* les cafés de la rive gauche et dont le nom....

Le citoyen Delescluze. — Ceux qui ne comprennent pas ce que c'est que la Commune peuvent se retirer (*mouvement accentué vers la porte*), ils ne sont pas dignes de figurer ici. (*Tout le monde reste.*)

Le citoyen Raoul Rigault. — Heureusement que j'ai noté ceux qui ont bougé.

Le citoyen Delescluze. — L'incident est vidé; nous allons entendre les rapports des délégués aux commissions.

COMMISSION EXÉCUTIVE.

Le citoyen Félix Pyat. — La commission dont j'ai l'honneur de faire partie s'est occupée avec un zèle au-dessus de tout éloge, de mettre à exécution les divers arrêtés rendus par la Commune.

L'arrêté sur la suppression des loyers n'a souffert aucune difficulté, et les déménagements se sont opérés dans le plus grand ordre.

Quelques brigands de propriétaires s'étant permis de protester contre une décision aussi favorables à leurs locataires, nous les avons fait immédiatement incarcérer avec l'intention de les envoyer à Cayenne ou au bagne aussitôt que la liberté de circulation sera complément rétablie.

Quant aux immeubles de ces gredins, ils seront purement et simplement confisqués au profit de la Commune. (*Mouvement d'approbation.*)

Une voix. — Je demande qu'on ajoute : — Et de ses membres.

Le citoyen Félix Pyat. — Bien entendu, du reste ceci fera l'objet d'un arrêté spécial.

Le citoyen Billoray. — Je vous ferai remarquer une nouvelle infamie des propriétaires contre laquelle il s'agit de sévir sans aucun retard.

Le citoyen Félix Pyat. — Ça ne m'étonne pas, ces gens-là sont capables de tout.

Le citoyen Billoray. — Une foule de malheureux locataires ont bien pu déménager sans payer de loyers, grâce à l'arrêté libéral de la Commune ; mais lorsqu'ils se présentent pour emménager dans un autre local, les concierges des maisons s'y refusent obstinément (*Mouvement d'horreur.*)

Le citoyen Jules Vallès. — Oh ! ces concierges !

Le citoyen Billoray. — Il importe de faire cesser au plus tôt un pareil abus, qui est une atteinte directe à la liberté du logement. (*Assentiment.*)

Le citoyen Félix Pyat. — Il y a un moyen bien simple, c'est de condamner à vingt ans de travaux forcés le propriétaire dont le concierge aura refusé de laisser prendre un appartement.

Le citoyen Varlin. — Pourquoi ces demi-mesures? Vous n'avez qu'à condamner à mort le propriétaire et son concierge; c'est beaucoup plus radical, et vous évitez à la Commune les frais de voyage des comdamnés et la dépense de leur entretien à Cayenne ou à Brest.

Le citoyen Félix Pyat. — Comme la condamnation à mort pourrait entraîner des pertes de temps, ne serait-il pas plus simple de les fusiller sans jugement?

Le citoyen Beslay. — Avec d'autant plus de raison que les propriétaires ne méritent aucun ménagement, puisque la propriété c'est le vol.

Le citoyen Protot. — C'est évident; ces gens-là sont toujours en flagrant délit.

Le citoyen Delescluze. — Il sera bon qu'on nous présente sur ces divers projets un travail complet dont nous nous occuperons dès demain. — Je prie le citoyen Félix Pyat de continuer.

Le citoyen Félix Pyat. — Après l'arrêté sur les loyers dont nous n'avons eu qu'à surveiller l'exécution, les intéressés s'étant eux-mêmes chargés de son application immédiate, nous avons dû nous occuper de la loi sur les ôtages, qui intéresse à un si haut point la sécurité et la vie des honnêtes gens.

Là comme toujours, l'activité la plus grande a été déployée, et depuis hier matin nous détenons dans les prisons quinze cent quarante bandits arrêtés sans coup férir.

Au nombre de ces scélérats se trouvent le sieur Darboy, archevêque de Paris, et tous les calotins qu'on a pu découvrir.

Par conséquent les garanties ne nous manquent pas et il suffira d'un signe pour faire passer tous ces brigands par les armes.

Le citoyen Babick. — Je demande à faire une observation. — L'arrêté porte que pour un républicain fusillé, on fusillera trois ôtages.

Le citoyen Félix Pyat. — Parfaitement.

Le citoyen Babick. — Ce chiffre de trois me paraît tout à fait insuffisant.

Le citoyen Félix Pyat. — Mais on peut l'augmenter.

Le citoyen Babick. — Sans doute. Il est évident, en effet, que trois curés ne représentent pas la valeur d'un patriote de Belleville. Il faut au moins en mettre six, et encore nous aurons du déchet. (*Assentiment.*)

Le citoyen Delescluze. — Cette observation aurait dû être faite au moment où la mesure a été discutée. Aujourd'hui c'est trop tard ; le chiffre trois a été adopté et vous ne pouvez y revenir sans paraître des brouillons aux yeux de l'Europe. Je le regrette d'autant plus que le chiffre six me paraît bien plus équitable : c'est toujours par de pareilles incuries et de semblables faiblesses qu'on perd les révolutions.

Le citoyen Félix Pyat. — Il y aurait un moyen, ce serait de nous rattraper sur les suspects.

Le citoyen Raoul Rigault. — Les suspects, tenez voici la liste.

Le citoyen Delescluze. — Attendez, nous y arriverons....

Le citoyen Félix Pyat : — Il ne me reste plus qu'à parler de l'arrêté sur le recrutement des citoyens de dix-sept à quarante ans, qui concerne plus spécialement la commission militaire.

Le recrutement présente, paraît-il, quelques difficultés : un certain nombre de citoyens cherchent à se soustraire à l'honneur de défendre leur patrie contre les gardes chiourmes des forçats de Versailles, mais il suffira de quelques exemples pour vaincre ces résistances honteuses.

Le citoyen Ranc. — Il me semble que nous parlons beaucoup de fusillades pour un gouvernement qui a aboli la peine de mort.

Le citoyen Félix Pyat. — Oui, sans doute, la peine de mort contre nous !

Le citoyen Delescluze. — Le citoyen Ranc ne paraît pas se faire une idée bien nette des situations et des nécessités qu'elles entraînent.

Le citoyen Ranc. — Parfaitement si, mais il faut prendre garde de débuter précisément par ce que nous reprochions....

Le citoyen Raoul Rigault. — Tiens, tiens, encore un ! avec sa figure de curé, j'aurais dû me douter....

Le citoyen Tridon. — Voici un aide de camp du général Bergeret.

Le citoyen Delescluze. — Quoi de nouveau ?

L'aide de camp. — Citoyens, tout va bien.— L'armée de Versailles est en pleine déroute. Bergeret « lui-même » est aux avant-postes. (*Applaudissements.*)

Le citoyen Delescluze. — Le rapport de la commission des finances est-il prêt ?

Le citoyen Beslay. — Voici : il sera très-court. Nous n'avons rien en caisse. (*Stupeur générale.*)

Le citoyen Delescluze. — Comment rien en caisse ! C'est là une situation anormale qui ne saurait durer.

Le citoyen Beslay. — Sans doute, mais le moyen d'en sortir ?

Le citoyen Delescluze. — N'avez-vous pas les réquisitions ?

Le citoyen Beslay. — Cette ressource est épuisée ; les administrations publiques ont livré tout leur numéraire et les réquisitions particulières ne produisent qu'un chiffre tout à fait insuffisant pour parer aux dépenses générales.

Le citoyen Félix Pyat. — Cela vient de ce que les riches enfouissent leur or pour affamer le peuple !

Le citoyen Jourde. — Dans cette situation nous n'avons qu'une chose à faire : émettre des bons communaux qu'on sera tenu d'accepter sous peine de fusillade.

Le citoyen Félix Pyat — Tout simplement.

Le citoyen Delescluze. — Présentez-nous un projet d'arrêté dans ce sens.

COMMISSION DE SURETÉ GÉNÉRALE.

Le citoyen Raoul Rigault. — Voilà mon affaire. Les deux mesures qui depuis quelques jours ont fait l'objet constant de nos préoccupations sont l'arrestation des suspects et la suppression des journaux.

Le citoyen Ranc. — Je croyais que la liberté de la presse....

Le citoyen Delescluze. — Décidément, citoyen Ranc, vous dévoyez complétement.

Le citoyen Raoul Rigault. — Pour les suspects, voici ma manière de procéder : je me promène dans les rues et sur les boulevards, j'entre dans les cafés. Aussitôt que je vois une figure qui me déplaît, je me dis : voilà un mouchard et je le fais empoigner.

Le citoyen Félix Pyat. — Bravo !

Le citoyen Raoul Rigault. — Ce système là

a l'avantage de simplifier notre besogne et de ne pas m'assujettir à des délais d'instructions aussi inutiles que ridicules.

Le citoyen Verdure. — Quel est le nombre d'arrestations que vous pouvez avoir fait par jour de cette façon?

Le citoyen Raoul Rigault. — Environ quinze cents ; en se pressant un peu on pourrait arriver à deux mille, mais je préfère ne pas y mettre de précipitation.

Le citoyen Delescluze. — Cette modération fait l'éloge de votre humanité : il faut prendre garde pourtant de ne pas s'abandonner à des faiblesses dangereuses.

Le citoyen Raoul Rigault. — Soyez tranquilles. Quant aux journaux, j'agis avec la même simplicité. J'envoie vingt cinq hommes chez l'imprimeur, je lui défends de continuer la publication des feuilles réactionnaires, et, pour plus de sûreté, je m'assure de la personne des rédacteurs. Au besoin, on pourrait les fusiller.

Le citoyen Félix Pyat. — A propos de journalistes, je me permets de signaler à votre surveillance le citoyen Henri Rochefort.

Le citoyen Ranc. — Pourtant Henri Rochefort....

Le citoyen Félix Pyat. — Depuis quelques temps, le citoyen Henri Rochefort se permet de ne pas approuver complètement tous les actes de la Commune, et il a osé publier sur mon compte un article venimeux qui me démontre clairement ses relations avec Versailles.

Le citoyen Vermorel. — J'appuie complétement la motion du citoyen Félix Pyat. Il y a longtemps que Henri Rochefort m'est suspect.

Le citoyen Raoul Rigault. — Il est établi du reste qu'à l'àge de quatorze ans et demi il a reçu un porte-crayon du duc d'Orléans.

Le citoyen Félix Pyat. — Il me paraît absolument indispensable de s'assurer de la personne du citoyen Henri Rochefort et de supprimer son journal.

Le citoyen Raoul Rigault. — Nous y aviserons.

Le citoyen Lefrançais. — Un second aide de camp!

L'aide de camp. — Tout va bien. L'armée de Versailles est en pleine déroute. Le général Cluseret lui-même est aux avant-postes.

Le citoyen Billoray. — Et Bergeret lui-même?

L'aide de camp. — Bergeret lui-même vient d'être destitué.

Le citoyen Delescluze. — Bon, continuons.

COMMISSION DES RELATIONS EXTÉRIEURES.

Le citoyen Paschal Grousset. — Depuis huit jours j'ai envoyé à toutes les puissances de l'Europe la notification de la constitution de la Commune de Paris.

Personne n'a répondu.

Le citoyen Delescluze. — C'est une adhésion. Qui ne dit rien consent.

Plusieurs voix. — Parfaitement.

COMMISSION DE L'ENSEIGNEMENT.

Le citoyen Jules Vallès. — Il est incontestable que la façon dont l'instruction de la jeunesse a été dirigée jusqu'à présent est la cause première de l'abrutissement et de l'avachissement de notre génération.

Si vous voulez lui infuser un sang nouveau, lui donner une virilité qui lui manque, il est indispensable d'apporter dans l'enseignement des réformes radicales et importantes.

Par conséquent nous proposons :

1° La suppression des études classiques ;

2° L'abandon complet du vieil Homère et de ses vieux casques, du tendre Virgile et de ses Dindons chlorotiques.

3° L'auto-da-fé des œuvres de Corneille, de Racine, de Molière, etc., qui ne contituent que de plates imitations des auteurs invalides, enkylosés et édentés dont je viens de vous parler.

4° Suppression de l'étude de l'orthographe, qui n'est après tout qu'nne aristocratie de langue, incompatible avec les vrais principes républicains.

Le citoyen Ranc. — Et vous remplacez tout cela....

Le citoyen Jules Vallès (fièrement). — Par la lecture du *Cri du Peuple*, dix centimes le numéro, chez tous les libraires.

Le citoyen Chardon. — Un troisième aide de camp.

L'aide de camp. — Citoyens, tout va bien. L'armée de Versailles est en pleine déroute. Le général Cluseret lui-même... tiens le voilà.

Le citoyen Cluseret. - Citoyens, nos opérations militaires m rchent admirablement. Si j'ai abandonné Courbevoie et le pont de Neuilly, c'est par suite de combinaisons stratégiques dont vous reconnaîtrez bientôt la profondeur.

Maintenant il est une chose que je viens demander à votre patriotisme et a votre courage, c'est de venir vous mettre à la tête de nos bataillons fédérés. Précédés par vous, ils seront invincibles et je réponds de la victoire.

Le citoyen Félix Pyat. — C'est une folie. La vie des membres de la Commune est inviolable. Du reste je demande un congé de huit jours.

Le citoyen Delescluze. — Pour aller....

Le citoyen Félix Pyat. — En Belgique !

La Commune à Bruxelles!!!

Non, c'est à s'en tenir les côtes de rire! Je n'ai jamais éprouvé plus de plaisir qu'à une séance des *prolétaires réunis*.

La salle de la Nouvelle-Cour de Bruxelles était littéralement comble, et ces visages étranges formaient un côté attrayant de la réunion.

Ce qui s'est dit, ce qui s'est fait est tellement le propre des imaginations détraquées et en rupture de ban, qu'on se serait crû ou dans un quartier de Belleville ou dans un hospice d'aliénés, moins la camisole de force.

Les curieux qui se trouvaient là, donnaient des signes visibles de franche gaîté et semblaient assister aux chauds débats de l'*assem-*

blée comme s'il se fut agi d'une pochade de Labiche, Dumanoir ou Thiboust, tant était pétillante l'action originale.

Les spectateurs se tordaient de rire, et j'avoue que, pour ma part, j'étais dans des convulsions...

Voici, du reste, un extrait de cette séance lacrymatoire du 8 mai, le lecteur jugera sans qu'il soit besoin de recourir aux commentaires. Oyez :

Le citoyen Pellering. Savez-vous pourquoi l'on n'a jamais fait le portrait du pape précédent, c'est parce qu'il avait un cancer au nez. (*Hilarité*).

Le citoyen Grégoire. La Commune que nous voulons, c'est le droit pour tous, grands, petits, jeunes et vieux (*sic*). Elle doit remplacer les Chambres parementaires où trois, quatre ou cinq bavards, Frère, Dumortier, Rogier et Bara, vieux utopistes, font courber la tête à ceux qui les écoutent.

Le citoyen Président. On parle d'instruction obligatoire : c'est chose impraticable ; le père a besoin des bras de l'enfant pour vivre.

L'enseignement obligatoire ne sera réalisable que quand le pain sera assuré à tous, et *il ne le sera que par la Commune.*

Le citoyen Verbruggen. La Commune existe depuis le commencement du monde...

L'orateur s'embrouille et parle de Pierre Bonaparte et de Rochefort. (*On rit.*) L'orateur s'embrouille encore plus au point de n'être plus compris.

Les grèves, dit-il, *doivent régénérer le monde en faisant succomber les patrons.* (On crie : *assez! assez!* et l'orateur conclut par ces mots): pour avoir nos droits, *il faut renverser le Gouvernement.*

Le citoyen Schoyt. Au milieu des rires, il parle de ceux qui « mangent des beefsteacks et boivent du vin, tandis que lui n'a que des pommes de terre à manger et de l'eau à boire. Il faut un changement à cela, sinon, nous crèverons tous de faim dans nos mansardes. »

Un autre citoyen parle de barricades, un autre crie *vive la Commune !*

Enfin, un vigoureux soufflet est appliqué sur la joue de M. le docteur Drugman qui avait

lancé à un orateur du fond de la salle, le mot :
LACHE.

Tumulte, plaintes, excuses, etc...

Finalement, la séance est levée à 10 1/4 h.,
au cri unanime de *vive la Commune !*

Faut-il en rire ?

—

Hier, la Belgique était menacé par les convoitises de nos bons voisins d'à-côté ; nos frontières étaient sur le point d'être dévorées par Napoléon III et Guillaume.

Aujourd'hui, ce sont les *manœuvres à l'intérieur* qui menacent l'équilibre du royaume.

Depuis peu, il existe, vous ne l'ignorez pas, une société gigantesque, qui s'appelle l'*Internationale* et dont les millions de membres sont dispersés dans presque tous les grands centres de l'Europe. Une ramification de cette société s'est installée à Bruxelles, naturellement, et nous en voyons les beautés dans le genre des idées qu'elle combat au sein de l'Assemblée populaire tenue à la Nouvelle Cour de Bruxelles. Ces bonnes gens, qui se qualifient si fièrement de prolétaires, se réunissent chaque semaine en nombre et se livrent à des discussions transcendantes qui n'ont d'autre but que de faire tomber le Gouvernement pour le remplacer par.....

LA COMMUNE !!!

Dans la séance populaire du 15 mai dernier, le citoyen Pellering a eu la bonne fortune de divertir l'auditoire. Au moment où une voix lui crie : *Gij weet niet wat gij zegt,* l'orateur, un Mirabeau de la décadence, déclare franchement que " pour faire revivre l'industrie et le commerce, nous devons être *partisans de la Commune.* „ Au milieu d'interruptions, il raconte que " Malthus recommandait de *tuer les enfants* qui, dans un ménage, dépassaient le chiffre trois. La société actuelle est bien plus cruelle encore, en faisant mourir un plus grand nombre d'*enfants* d'une manière indirecte. „

Le citoyen Veroeken dit que " la Commune est appelée à faire des lois pour le peuple et non contre le peuple (*Trépignements*) ; à nommer ses administrateurs, à créer la police, à organiser l'ordre judiciaire, à supprimer les parasites, les *ministres,* les *représentants,* les *sénateurs,* la *royauté qui nous gruge* (sic), les armées permanentes, le *budget des cultes,* etc.

Mais voici qui est gentil : Le *citoyen Président,* voyant que plus personne ne demande la parole, lance quelques attaques saugrenues contre

MM. LES JOURNALISTES.

« Voilà tant d'années, dit-il, qu'il voudrait se trouver en face d'un journaliste qui vienne le contredire et il ne s'en présente jamais : ce sont donc des *blagueurs ?*

Le citoyen Coulon, dans une improvisation fort embrouillée, explique les doctrines de Malthus et se ivre à une attaque en règle contre les journalistes qui « *se gorgent d'orgies et d'or.* » (*Applaudissements ironiques.*)

Le citoyen Spier arrive, dit-il, de Paris et critique la manière dont on entend la liberté dans cette ville.

Le citoyen Frappas traite d'enfantillages tout ce que vient de raconter le citoyen Spier. Il parle des francs-fileurs, approuve la démolition de l'hôtel de M. Thiers et en *remercie* la Commune (!!!). « M. Thiers qui, après avoir été sans le sou, *comme la plupart d'entre vous*, dit l'orateur, s'est trouvé être possesseur d'un hôtel qui a coûté 3 millions..... etc..... »

Le citoyen Frappas continue à instruire ses frères et a prend que M. Magne, ministre des finances, a volé douze cent mille livres de rentes à l'État français.

Le citoyen Veroeken dit que « comme notre triomphe ne pourra se réaliser que par la force, nous sommes *obligés de nous y prépa-rer.* » (*sic.*)

M. le général Guillaume· est prévenu, il n'a qu'à bien se tenir !

C'est du reste le moment où jamais de compléter l'organisation militaire, afin d'être en mesure de faire face aux éventualités...

Les prolétaires se remuent, cela pourrait bien être l'avant-garde du prochain

BRUXELLES SENS-DESSUS-DESSOUS.

Que les bons tremblent, que les mauvais se rassurent : on travaille à la révolution sociale.

Mais quand ces « bons bougres de citoyens » auront gravi l'échelle..... gare à la chute des nez !

Au peuple belge.

—

Quand on a pour voisin un ogre de la Corse,
  Be'gique, il ne faut pas dormir;
Ce que le droit défend on le prend par la force,
  Et ton destin me fait frémir,
Le Rhin échappe aux mains de l'homme de Décembre.
  Car le prussien est tout puissant,
O peuples de l'Escaut: o peuples de la Sambre!
  Veillez, le danger est pressant;
Votre liberté grande excite la colère
  Du chef des Francs dégénérés;
Nos chambres de laquais voteraient pour lui plaire,
  Des lois appuyant ses décrets.
Nos soldats avinés, nos généraux rapaces
  Iront envahir votre sol;
De votre liberté disparaîtront les traces,
  Par l'incendie et par le viol.
Puis nos prêtres vendus chanteront la louange
  Des maîtres de l'assassinat.
Et pour fêter César, on verra, chose étrange,
  Ramper la Chambre et le Sénat.

Belgique, asile saint de nos grands patriotes,
  Refuge de tant d'opprimés,
Redoute la fureur des serfs et des ilotes
  Contre toi par l'empire armés.
L'empire veut te fondre à son troupeau d'esclaves,
  Car il craint ton invasion.
Non point par tes soldats, car ses soudards sont braves,
  Et poussent à profusion;

Mais bien par le venin de tes larges idées
    Qui font grands les petits pays.
Tes institutions dont les franches coudées
    Rendent les Français ébahis ;
Par ta presse qui parle avec une voix pleine,
    Tes tribunaux indépendants ;
Tes fils s'associant sans trouver une chaîne,
    Pour leurs grands travaux fécondants.

Rassure-toi, Belgique, il est une puissance,
    Plus forte que les potentats,
C'est le peuple Français, car le peuple commence
    A comprendre les résultats,
Des combats insensés brisant un peuple libre,
    Pour faire un habit d'arlequin,
De la Sprée à la Seine, et du Danube au Tibre,
    Croulent César et Charles Quint.
Partout ou sont des fers les révoltes éclatent,
    Et la misère s'établit.
En vain de dominer tous les tyrans se flattent,
    Le néant sort de tout conflit.
Les peuples désormais doivent être leurs maîtres,
    Arrière intrus et conquérants !
Car vos droits sont des vols commis par vos ancêtres.
    Petits peuples, montrez-vous grands !

Peuples, la liberté fera le tour du monde,
    Contre tous maintenez vos droits,
L'avenir est à vous et c'est en vain que gronde
    Le bronze fondu par les rois.
Le bronze a fait son temps et c'est à la pensée,
    C'est aux outils à tout fonder.
Laissez rugir les rois cette horde insensée,
    Marchez sans jamais rien céder.

Aug. Laf...

12 mars 1869.

9 782019 233020